죽는 대신 할수 있는일 99가지

죽는 대신 할 수 있는 일 99가지

타라 부스 · 존-마이클 프랭크
그리고 쓰다

생각의
날개

Prologue

사람들은 정신건강문제 라는 단어 하나에 지나치게 많은
오명을 뒤집어씌우고 쓸데없는 오해와 수치심을 일으키며
서로를 괴롭힌다. 마음이 아파본 적 없는 사람은 없다.
'정신건강문제'라는 말은 어쩌면 그 마음의 아픔을 낫게 도와달라는
신호인지도 모르는데, 이런저런 편견 때문에 정말 도움이 필요한 사람들의 손길을
뿌리치고 있는 건 아닐까?

**나와 마이클은 꽤 오래 우울증과 불안,
자살 충동 같은 마음의 여러 통증을 경험해봤다.**

우리는 그렇게 느꼈던 감정들을
이 책에서 그림과 함께 하나하나 풀어보기로 했다.
마음의 아픔과 통증이 삶에 전혀 예상 밖의 전환점을 제공해주기도 하며,
이때 곁에 있는 사람들이 오해나 편견 없이 바라봐주는 것이
무엇보다 중요하다는 메시지를 전하고 싶었다.

나와 마이클이 그랬던 것처럼, 많은 이들이 우리의 이야기를 읽고
마음의 아픔을 유쾌하게 마주하는 경험을 해볼 수 있기를 바란다.

이 책을 읽고 난 뒤 당신만의
죽는 대신 할 수 있는 일 목록 을 만들어보면 어떨까?
우리 두 사람 역시 이 책을 만드는 동안 엄청난 희열을 느꼈다.

이 책이 자신의 '정신건강문제'에 대해
차마 말 못하고 힘들어하는 사람들에게 마음의 여유를 주기를 바라며...

누구나 가족이나 친구에게 자신의 고민을 털어놓을 수 있는 것은 아니다.
도움이 필요한 사람들을 위해 책 뒤에 알아두면 좋을 연락처들도 수록해두었다.
이 책을 읽는 당신에게 감사의 인사를 보낸다.

눈에 보이지 않는 무언가를
찾아 나선다,

머리색깔 바꿔보기,

최저 임금을 주는 곳에서 일해보기.

잼이 가득한 도넛 실수로 밟아 터트리기.

나무 한 그루를 심고
백 년쯤 느긋하게 기다려본다.

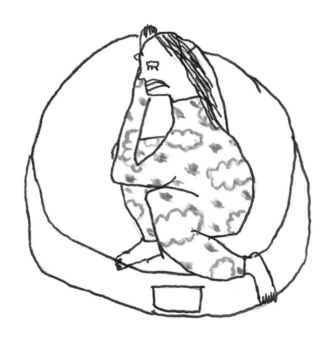

옆의 빈자리가 느껴지지 않도록
강아지 침대에서 웅크리고 자보기,

사랑하는 댕댕이를
밤에도 빛이 나는 페인트로 칠해주기.

컴퓨터 앞에 앉아 구글맵으로
여행을 떠난다.

헬스클럽에서 가장 비싼 회원권을 끊고
얼씬도 하지 않기.

외출할 때마다 다른 스타일의
모자 쓰기.

내 정치적 생각을 주변 사람들에게
떠들어서 그들과 멀어진다.

난해한 행위 예술에서 의미 찾기.

아무도 보지않을 때 거울 앞에서
미친 듯이 춤을 추고 평가해보기.

가장 아끼는 스웨터에 슬픈 얼굴을 수놓는다,

에너지드링크를 토할 만큼 마시고
아무것도 하지않기.

혀에서 불이 날 정도로 매운 고추를 먹으며
땀 한 바가지 쏟아보기.

책을 구미가 당기는 대로 잔뜩 사두고
책장에 꽂아둔 채 들춰 보지도 않는다.

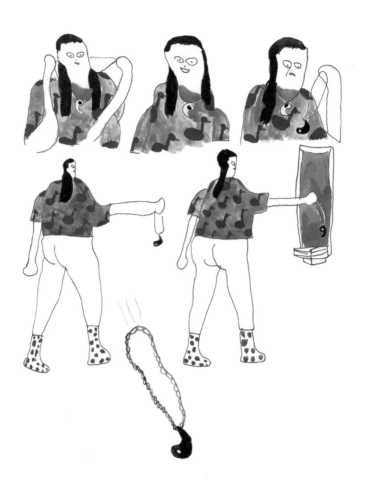

커플 목걸이의 한쪽은 내가 갖고
나머지 하나는 과감히 버린다.

내 엉덩이에서 꼬리가 자란다는 상상해보기.

나의 페로몬으로 매력을 발산한다.

질릴 정도로 아주아주 오래 낮잠 자기.

짝사랑 상대에게 러브레터를 쓴 뒤
울면서 태워버리기.

나보다 상태가 안 좋은 사람에게
친구가 되어준다.

나를 '힐' 시켜줄 수 있는
마법사를 찾는다.

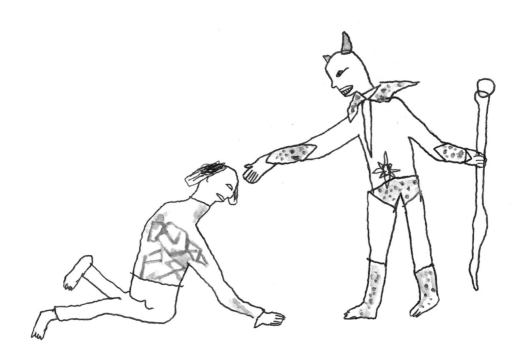

이 고속도로는
나의 아이임니다

• 도로입양사업(Adopt-a Highway)에서 비롯된 말장난 – 옮긴이 주

밤에도 편히 잠들지 못할 고속도로에게
자장가를 불러준다.

식물원 안에 아무도 모르게 숨어보기,

불씨가 붙을 때까지 포기하지 않고 장작을 비벼본다.

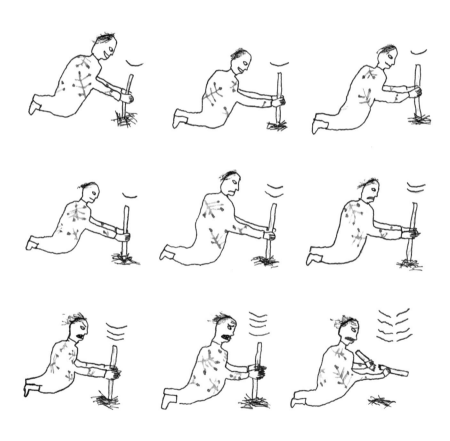

남을 사랑하는 법을 검색해보고
정반대로 실행해본다.

친구에게 다급히 만나자고 약속을 잡고
한 시간 뒤에 취소한다.

옛 애인과의
아름다운 추억만 떠올려보기.

얼굴에 예쁜 문신 새겨보기,

개미 사육 상자를 만들어 개미들의 사생활 밀착 관찰하기.

이것저것 섞어서
나만의 에센셜 오일 만들기,

싫어하는 사람 얼굴을 계란에 그린 뒤 힘껏 밟아버리기.

말도 안 되는 농담을 글로 써보기.

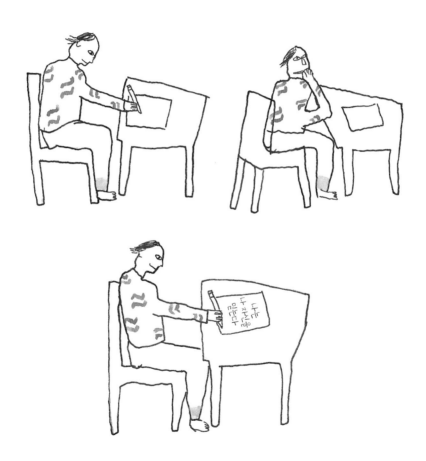

나의 댕댕이에게 꽃 선물하기,

만화 속 주인공처럼
피리로 멋지게 새를 부르는 데… 실패하기.

상대의 문제점을
솔직하게 말해주기,

메트로놈을 보면서 시간을 계산한다.

사나운 동물 길들여보기.

내 모습 그대로 흉상을 만들어,
씻겨주고 닦아주고 예뻐해주기.

칙칙한 침대 시트를 새로 바꿔주기,

꼭 사물을 따라 그림을 그려야 한다는
생각을 버린다.

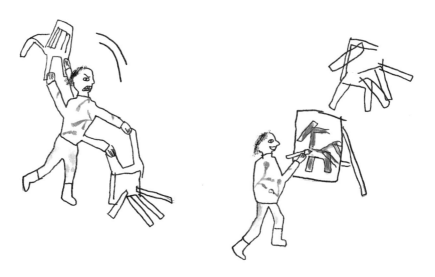

군살 많은 내 몸을
매끈한 몸매의 마네킹과 바꾸는 상상하기.

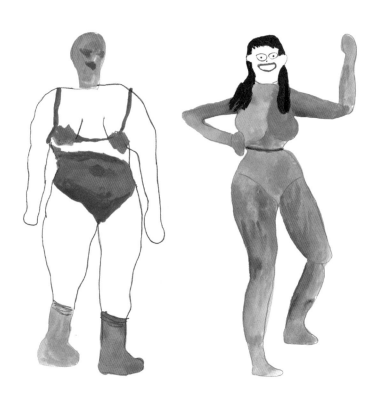

매년 누비이불을 만들면서 인생에
가치 부여해보기,

싱글이고 혼자 살 때의
인터넷 방문 기록을 싹 다 지워버린다,

장미꽃 향기를 마음껏 맡는다,

혼자서 가상역할 게임하기,

절대 당선 가능성 없는
대선 후보에게 투표하고 조마조마해하기.

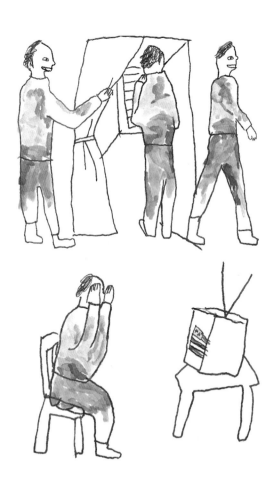

화산 내부는
어떻게 생겼는지 알아본다.

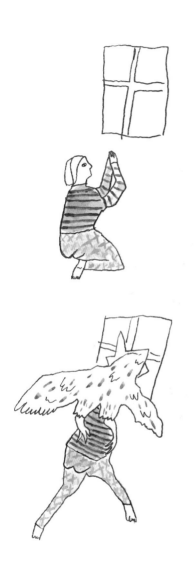

하느님께 기도하다
정말 하늘로 가기.

타임캡슐을 만들고 일주일 뒤에 열어보기.

쓰레기 같은 관계를 맺는다.

어둡고 암울하기 짝이 없는 시를 낭독한다.

산딸기를 종류별로 한 알씩 먹으면서
맛 평가해보기.

부기보드 전문가가 된다,

• 부기보드: 누워서 타는 서프보드 – 옮긴이 주

자동차에 치여 죽은 동물에게
심폐소생술을 시도한다.

아주 중요한 사이트에 가입하자마자
패스워드 잊어버리기.

텅 비어 있는 피냐타를 열어보고 실망하는 대신,
인생이 내게 준 것에 대한 비유로 생각한다.

• 피냐타(Piñata) : 멕시코의 어린이 축제에 사용되는 과자나 장난감 등을 넣은 종이 인형 - 옮긴이 주

위키피디아에 '달은 똥이다'라는 문장을 입력한다.

사이비 종교에 빠진 사람들에게
농담 걸어보기.

자기 차례가 되어도 도무지 할 생각이 없는 사람과
세상 가장 지루한 보드게임하기.

미친 척하고 뱀에게 입 맞추기.

나 자신에게 별점 매겨보기.

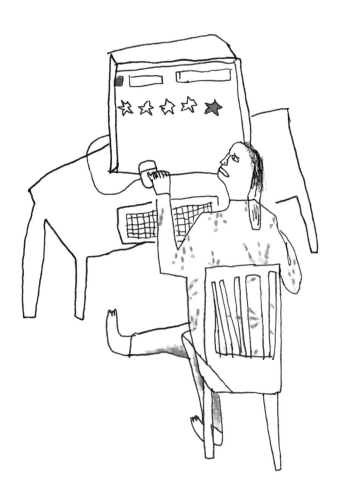

친구 아이를 봐주면서
혼자 있는 시간의 소중함을 깨닫기.

나에게 맞지도 않고 효과도 없는
항우울제를 처방받는다.

보험 가입 대신 민간요법에 좋다는
수정 구입에 돈 쓰기.

요즘 유행한다는 시스루 옷을 입고
얼마나 불편한지 체감하기.

나만의 정신적 스승을
찾아 나선다.

혹시나 손님이 올 경우를 대비해
식사를 2인분 준비한다.

온몸의 털을
남김없이 뽑아버린다.

해변을 따라 느긋하게 산책한다,
바다 끝까지.

상담 치료 중 나의 감정을
디저리두에 대고 말한다.

• 디저리두 : 호주 원주민들이 연주하는 긴 나무 관악기 – 옮긴이 주

하루 종일 긍정적인
생각에만 집중해보기.

오리에게 먹이 주기,

나에게 아무 쓸모없을
대학원 학위 취득하기.

날 진정으로 행복하게 만들어줄 사람은 없다는 사실을
받아들이고 지금 가진 것에 만족한다.

공기 좋고 평온한 목장에서
옛 애인과 주고받은 문자들을 씩씩거리며 읽어본다.

침대 주변에 철조망으로
울타리 두르기,

출생신고서로 종이배를 접어 강에 흘려보내며,
다른 누군가가 나보다 내 인생을
더 쓸모 있게 만들어주길 기원한다,

별로 관심 없는 사람과 데이트하기,

언젠가 있을지 모를 냉동인간 실험을 위해
체액 보관해두기.

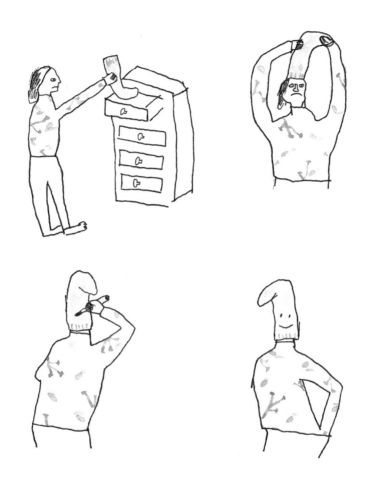

얼굴에 양말 한쪽을 뒤집어쓰고 웃는 얼굴 그려보기.

나 자신에게 편지 쓰기,

화재경보기를 울려서 사람들에게
내가 우울해 죽을 것 같다는 사실을 알린다.

가까운 미래에
두고두고 쪽팔릴 만한 자서전 쓰기.

'프리허그 거부' 셔츠를 만들어 입고 다니기.

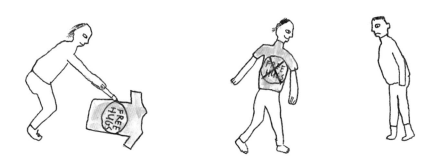

피자 상자에 구멍을 뚫어 얼굴을 밀어넣고,
사람들이 피자 조각을 집다가 실수로
내 얼굴을 만지도록 유도한다.

세상에 단 하나뿐인 그림을 그려본다, 내 피로.

매니큐어 완벽하게 바르고 손톱 물어뜯기.

지겨워 죽을 것 같은 대화 도중에 탈출할 수 있도록
비상구 그려두기.

닭의 가슴뼈를 보면서 같이
운을 점쳐볼 사람이 없다는 사실을 한껏 만끽한다.

일상생활에서도 던전앤드래곤 캐릭터

코스프레하기,

책을 끝까지 읽은 것처럼 페이지마다
형광펜으로 쫙쫙 밑줄 치기,

내 방을 온통 시꺼먼 색으로 칠하기,

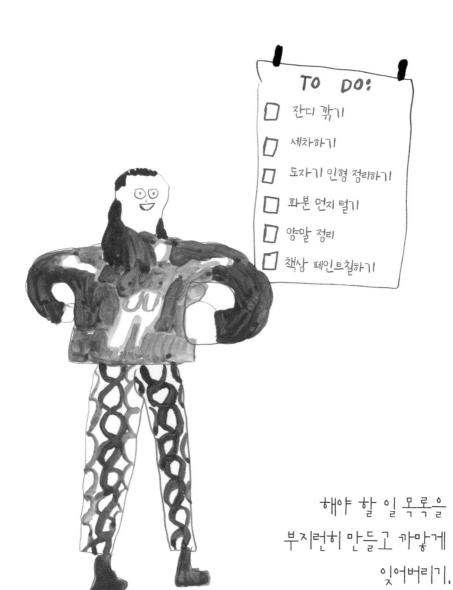

TO DO:

☐ 잔디 깎기

☐ 세차하기

☐ 도자기 인형 정리하기

☐ 화분 먼지 털기

☐ 양말 정리

☐ 책상 페인트칠하기

해야 할 일 목록을
부지런히 만들고 까맣게
잊어버리기,

조용한 곳에 가서 명상하다가 시간 가는 줄 모르고 졸기.

미끌미끌 폭신한 슬라임 동영상 찍기,

좋아하는 친구와 머리를 맞대고
'죽는 대신 할 수 있는 일 목록' 만들기.

* Epilogue *

작가 타라 부스와 존 마이클 프랭크는 이 책의 일러스트를 통해 얻는 수익을
모두 국립자살방지협회(National Suicide Prevention Lifeline)에
기부하기로 했으며, 한국 출판사 역시 수익의 일부를
자살예방 관련 단체에 기부할 예정입니다.

만약 지금 자살 충동 때문에 괴로워하고 있다면,
가족에게도 말 못할 고민으로 극단적인 생각까지 하고 있다면,
아래 번호로 도움을 요청하세요.

중앙자살예방센터

홈페이지 http://www.spckorea.or.kr
자살예방상담전화 1393

옮긴이 이지혜

인하대학교에서 영어영문학과 한국어문학을 공부했으며 미국 트로이대학교에서 영문학을 공부했다.
현재 출판번역가이자 기획편집자로 활동하고 있다. 《괜찮다고 말하면 달라지는 것들》
《헬리콥터 하이스트》《꽂히는 말 한마디》등을 우리말로 옮겼다.

죽는 대신 할 수 있는 일 99가지

지은이 | 타라 부스, 존-마이클 프랭크
옮긴이 | 이지혜
펴낸이 | 이동수

1판1쇄 펴낸날 | 2019년 9월20일

책임편집 | 이지혜
디자인 | ALL design group
펴낸곳 | 생각의날개

주소 | 서울시 강북구 번동 한천로 109길 83, 102동 1102호
전화 | 070-8624-4760
팩스 | 02-987-4760

출판등록 2009년 4월3일 제25100-2009-13호

ISBN 979-11-85428-48-2 03840

이 도서의 국립중앙도서관 출판예정도서목록(CIP)은 서지정보유통지원시스템 홈페이지
(http://seoji.nl.go.kr)와 국가자료종합목록시스템(http://www.nl.go.kr/kolisnet)에서
이용하실 수 있습니다. (CIP제어번호 : CIP2019032763)

✢ 이 책의 전부 또는 일부를 사용하려면 반드시 출판사의 서면 동의를 받아야 합니다.
✢ 원고 투고를 기다립니다. 집필하신 원고를 책으로 만들고 싶은 분은
 wings2009@daum.net으로 원고 일부 또는 전체, 간단한 설명, 연락처 등을 보내주십시오.

✢ 책값은 뒤표지에 있습니다.
✢ 잘못된 책은 구입하신 곳에서 교환해 드립니다.